PHILIPPE DELERM

Ein Croissant am Morgen

Buch

Philippe Delerm ist ein Magritte des Wortes: In seinem Netz fängt er jene Schmetterlingsmomente ein, da alles frei, leicht und flüchtig ist. Seine Blütenlese bewirkt etwas Unersetzliches: Verzauberung. Plötzlich werden banale Alltagszerstreuungen, kleine unschuldige Lüste zu Kostbarkeiten – der nostalgische Duft verschrumpelter Kelleräpfel, die nächtliche Fahrt im sicheren, warmen Auto, das duftende Croissant am Morgen, ein Buch am Strand, ein Tag, an dem man sich sagt: eigentlich könnten wir doch ...

Philippe Delerms Betrachtungen fordern uns auf, den Zauber des Augenblicks wahrzunehmen und die Seligkeit wieder zu entdecken, die in den nur vermeintlich kleinen Dingen verborgen liegt. Denn das Leben hält in den überraschendsten Situationen ein Stück Glück bereit – wir müssen es nur sehen ...

»Wunderbar kleine Momente beschreibt Philippe Delerm und verdichtet das Glück des Augenblicks zu meisterlichen Gutenachtgeschichten für Erwachsene.«
Stern

Autor

Philippe Delerm, geboren 1950, ist Autor mehrerer literarischer Werke. Nach seinem Studium der Philosophie arbeitete er als Lehrer in der Normandie, wo ihm das Leben in der Abgeschiedenheit genügend künstlerischen Freiraum ließ. 1997 erhielt er den Preis der Buchhändler, im gleichen Jahr erschien »Ein Croissant am Morgen«, das aufgrund von Mund-zu-Mund-Propaganda zu einem Sensationserfolg wurde und über 100 Wochen auf der Bestsellerliste stand. Philippe Delerm lebt mit seiner Familie in Beaumont in der Normandie.

Philippe Delerm

Ein Croissant am Morgen

Das kleine große Buch der Lebenskunst

Aus dem Französischen von
Hinrich Schmidt-Henkel

GOLDMANN

Die Originalausgabe erschien unter dem Titel
»La première gorgée de bière et autres plaisirs minuscules«
bei Éditions Gallimard, Paris

Die deutschsprachige Hardcover-Ausgabe erschien
unter dem Titel »Der erste Schluck Bier«
bei Fretz & Wasmuth

Umwelthinweis:
Alle bedruckten Materialien dieses Taschenbuches
sind chlorfrei und umweltschonend.

Genehmigte Taschenbuchausgabe 6/2000

Umschlaggestaltung: Design Team München
Umschlagfoto: Photonica/Vojnar
Satz: DTP-Service Apel, Hannover
Druck: Elsnerdruck, Berlin
Verlagsnummer: 44600
CN · Herstellung: Sebastian Strohmaier
Made in Germany
ISBN 3-442-44600-7

1 3 5 7 9 10 8 6 4 2

Ein Banana-Split

Sonst bestellst du nie eins. Es ist zu viel, fast schmeckt es nach nichts vor lauter Übersüße. Aber nun. In der letzten Zeit hat auf den Tellern so viel raffinierte Einfarbigkeit geherrscht, Kargheit Ton in Ton. Immer leichter, luftiger musste es sein, ungreifbar, Schneeinseln hast du gegessen oder dir maßvollen sommerlichen Überfluss in Form eines kleinen roten Vierfrucht-Eisbechers gegönnt. Also überspringst du heute auf der Speisekarte einmal nicht die Zeile mit dem Banana-Split.

»Und für Sie?«

»Ein Banana-Split.«

Es ist dir fast ein bisschen peinlich, dieses Gebirge aus schlichtem Glück zu bestellen. Der Kellner notiert es sich respektvoll objektiv, doch du bist trotzdem ein Ideechen verlegen. Dieser maßlose Wunsch jenseits aller Diätmoral und ästhetischen Bemäntelung hat eben etwas Kindliches. Ein Banana-Split ist provozierende Naschsucht, Esslust im Reinzustand. Als man es dir bringt, schielen die Esser von den Nachbartischen fast spöttisch auf den Teller. Denn das Banana-Split wird auf einem Teller serviert oder in einem noch auffälligeren Schiffchen. Im ganzen Restaurant nichts als enge Kelche wie für Störche, schmale Kuchenstückchen, deren schokoladige Intensität auf einem kümmerlichen Tellerchen Platz hat. Das Banana-Split aber ist raumgreifend, ein bodenständiger Genuss. Irgendwie ist die Banane in das Vanille- und Schokoladeneis gerammt, kaum zu sehen jedoch, weil unter einer großzügigen Dosis Schlagsahne verborgen. Tausende Menschen verhungern. Dieser Gedanke ist allenfalls vor einem Stück Bitterschokoladenpavé noch möglich. Aber wie ihm angesichts eines Banana-Splits begegnen? Wenn das Wunderwerk vor deiner Nase steht, hast du schon keinen rechten Appetit mehr. Zum Glück hast du Gewissensbisse, die dir erlauben, diesen süßen Berg ganz bis zum Ende abzutragen. Der schwindende Appetit wird durch eine wohltuende Perversität ersetzt. So, wie du als Kind Marmelade aus dem Speiseschrank stibitzt hast, luchst du jetzt der Welt der Erwachsenen diesen fast ungehörigen, eigentlich gar nicht erlaubten Genuss ab – bis zum letzten Löffel eine Sünde.

Ein Messer in der Tasche

Kein Küchenmesser, natürlich nicht, und auch kein Springmesser, als wäre man ein Gauner. Aber auch kein schlichtes Taschenmesser. Vielleicht ein Opinel Nr. 6 oder ein handgeschmiedetes aus Laguiole. Das Messer eines erträumten, perfekten Großvaters. Eines, das er damals in seine schokoladenbraune Cordsamthose hätte gleiten lassen. Ein Messer, das er zur Essenszeit aus der Tasche ziehen würde, um mit der Spitze Wurstscheiben aufzuspießen, bedächtig einen Apfel zu schälen, die Hand um den Rücken der Klinge geschlossen. Ein Messer, das er mit ausladender, zeremoniöser Geste schließt, nachdem er seinen Kaffee aus einem Glas getrunken hat – und es würde für alle ein Zeichen sein: zurück an die Arbeit.

Ein Messer, das du als Kind wunderbar gefunden hättest: für Pfeil und Bogen, um ein hölzernes Schwert zu schnitzen, einen Schild aus Rinde – das Messer, das deine Eltern gefährlich fanden, als du klein warst.

Aber: wozu so ein Messer? Du lebst nicht mehr in der Zeit jenes Großvaters, du bist nicht mehr klein. Ein virtuelles Messer also, mit einem allzu durchschaubaren Alibi:

»Aber natürlich, ich kann es zu allem möglichen brauchen, beim Spazierengehen, beim Picknick, sogar im Haus, wenn mal ein Werkzeug fehlt.«

Zu nichts kannst du es brauchen, das ist dir völlig klar. Das Vergnügen liegt woanders. Es ist ein egoistisches, pures: ein schöner, nutzloser Gegenstand aus warmem Holz oder glattem Perlmutt, mit einem jener kabbalistischen Zeichen, die einen zum echten Eingeweihten machen: auf der Klinge eine Hand mit Krone, ein Regenschirm, eine Nachtigall; oder auch die Fliege auf dem Griff. Ach ja, dieses Symbol des einfachen Lebens hat einen genüsslichen Snobismus an sich. Im Zeitalter des Fax ist so ein Messer ein bäuerlicher Luxus. Ein Gegenstand, der ganz und gar dir gehört, den du von Zeit zu Zeit hervorholst, nicht um ihn zu benutzen, sondern um ihn zu berühren, ihn zu betrachten, ihn mit etwas einfältiger Genugtuung auf- und wieder zuzuklappen. In seiner bereitwilligen Gegenwart schlummert die Vergangenheit. Für einige Sekunden fühlst du dich zugleich wie der bukolische Großvater mit seinem weißen Schnurrbart und wie das Kind am Wasser unter dem Duft des Holunderstrauchs. Du klappst die Klinge auf und wieder zu, und so lange, wie du dazu brauchst, bist du deinem Alter enthoben, bist Kind und Greis zur selben Zeit – das ist das Geheimnis des Messers.

Beim Erbsenpulen helfen

Es geschieht fast immer zu jener zeitlosen Stunde des Vormittags, die ganz frei steht, ohne sich zu einer Seite zu neigen. Die Kaffeeschalen und die Krümel vom Frühstück sind bereits vergessen, die Düfte vom köchelnden Mittagsgericht noch fern, die Küche ist so ruhig, fast abstrakt. Auf dem Wachstuch nichts als ein Viereck aus Zeitungspapier, ein Haufen Erbsenschoten, eine Salatschüssel.

Du kommst nie am Anfang dieser Arbeit dazu. Eigentlich wolltest du nur durch die Küche in den Garten oder wolltest nachsehen, ob die Post schon da ist . . .

»Kann ich dir helfen?«

Natürlich. Du kannst helfen. Du kannst dich an den Tisch setzen und mitmachen, kannst in diesen heiteren, entspannten Rhythmus einsteigen, den ein inneres Metronom vorzugeben scheint. Erbsen pulen ist nicht schwer. Ein Druck des Daumens auf die Naht der Schote, und sie springt auf, folgsam, nachgiebig. Manche weniger reifen widerstehen etwas – dann braucht es einen Schnitt mit dem Zeigefingernagel, um in das Grün einzudringen. Du spürst die Feuchtigkeit des festen Fleisches gleich unter der trügerisch pergamenten wirkenden Haut. Dann lässt du die Kügelchen mit einem Finger herauskullern. Das Letzte ist so winzig. Manchmal hat man Lust, es zu essen. Es schmeckt nicht gut, etwas bitter, aber es ist so frisch wie die Küche um elf Uhr, die noch kalte Küche voll geputztem Gemüse – neben dir, am Spülstein, glänzen einige Karotten auf einem Tuch, sie sind schon fast trocken.

Ihr unterhaltet euch, hier ein Wort, da ein Wort, und auch die Wörtermusik scheint aus dem Inneren zu kommen, friedlich, traut. Von Zeit zu Zeit hebst du den Kopf am Ende eines Satzes; doch dein Gegenüber lässt den Kopf geneigt – gemäß der Spielregel. Ihr redet über die Arbeit und Pläne, darüber, dass ihr müde seid. Aber bloß jetzt nicht psychologisieren. Das Erbsenpulen ist nicht zum Erklären da, sondern dazu, dem Lauf der Dinge zu folgen, in leichtem Gegenrhythmus. Fünf Minuten würden genügen, aber es tut gut, es hinauszuzögern, den Morgen etwas zu verlangsamen, Schote um Schote, mit aufgekrempelten Ärmeln. Du greifst mit beiden Händen in die Schüssel voll enthülster Kugeln. Zart sind sie, all diese Rundungen wirken zusammen wie weiches grünes Wasser, du wunderst dich richtig, dass deine Hände gar nicht feucht werden. Eine lange Stille voll klarem Wohlsein, und dann:

»Jetzt muss nur noch jemand Brot holen.«

Das Kuchenpäckchen am Sonntagmorgen

Verschiedene Kuchenstücke natürlich. Ein Eclair mit Mokkafüllung, eine Cremeschnitte, zwei Erdbeertörtchen, ein Plunderstück. Bis auf eines oder zwei weißt du schon, für wen welches ist – und was nimmst du als Extrastück für die Leckermäuler? Ohne Hast nennst du einen Namen nach dem anderen. Hinter dem Tresen, die Kuchenzange in der Hand, taucht die Verkäuferin folgsam deinen Wünschen entgegen; sie wird selbst dann nicht ungeduldig, als sie eine größere Schachtel nehmen muss – das Plunderstückchen hat nicht mehr mit hineingepasst. Diese Schachtel ist wichtig, flach ist sie, viereckig, mit abgerundeten, etwas erhabenen Kanten. Sie bildet den Sockel für ein fragiles Gebäude mit ungewisser Zukunft.

»Danke, das ist alles.«

Jetzt verhüllt die Verkäuferin die flache Schachtel mit einer Pyramide aus rosa Papier, die sie dann mit einem braunen Band umwindet. Während Geld und Wechselgeld hin- und hergereicht werden, balancierst du das Päckchen auf der flachen Hand, doch kaum bist du aus der Tür, nimmst du die Schlaufe und hältst die Pyramide beim Tragen ein wenig vom Körper ab. So macht man das. Der Sonntagmorgenkuchen muss getragen werden wie ein Pendel. Wie ein Wünschelrutengänger mit mikroskopischen Gesten schreitest du ohne Dünkel einher, doch auch ohne falsche Bescheidenheit. Ist diese Würde, diese Gemessenheit eines Heiligen Königs nicht ein bisschen albern? Nicht doch. Dass die Bürgersteige dich sonntags zum Schlendern verführen, liegt auch an der baumelnden Pyramide – ebenso wie an den Porreestangen, die hier und da aus den Einkaufstaschen hervorschauen.

Mit dem Kuchenpäckchen in der Hand erinnerst du ein wenig an den biederen Professor Bienlein aus *Tim und Struppi* – milde nimmst du das nachgottesdienstliche Gewimmel zur Kenntnis, das Stimmengewirr aus den Annahmestellen der Pferdewetten, Schwaden von Kaffee- und Tabakgeruch. Stille Sonntage im Familienkreis, stille Sonntage in früherer Zeit, stille Sonntage heute, die Zeit schwingt wie ein Weihrauchfass an einem braunen Band. Ein wenig Konditorcreme klebt auf dem Mokka-Eclair, nur ein winziger Tupfer.

Die Tour de France

Die Tour de France bedeutet Sommer. Einen Sommer, der gar kein Ende haben kann, die Juli-Mittagshitze. In den Häusern zieht man die Läden zu, das Leben verlangsamt sich, Staub tanzt in den Sonnenstrahlen. Drinnen sitzen, obwohl der Himmel so blau ist, könnte noch diskutabel sein. Aber vor einem Fernseher kleben, während draußen die Wälder tief sind, das Wasser Erfrischung verspricht, und dieses Licht! Trotzdem, du darfst das, denn du tust es, um die Tour de France zu sehen. Das ist ein ehrwürdiges Ritual, das nichts mit tierischem Farniente oder pflanzenhafter Trägheit zu tun hat. Außerdem siehst du nicht *eine* Tour de France. Du siehst alle Tours de France. Ja, im Hintergrund der über die Straßen der Auvergne oder der Pyrenäen fegenden Fahrer sind zart die Fahrer der Vergangenheit zu sehen. Unter den fluoreszierenden, phosphoreszierenden Trikots von heute siehst du die aus Wolle – Anquetils gelbes Trikot, mit nichts darauf als dem gestickten Namenszug

Helyett, der Fahrradmarke; das besonders kurzärmelige blau-weiß-rote von Roger Rivière; das purpurviolett-gelbe von Raymond Poulidor, Mercier-BP-Hutchinson. Durch die modernen Räder hindurch ahnt man die Reifen, die Lapébie oder René Vietto damals geschultert haben. Der einsam ragende Brocken des Gipfels La Forclaz zeichnet sich über dem überbevölkerten Asphalt von Alpe-d'Huez ab.

Immer findet sich einer, der sagt:

»Also was ich an der Tour besonders mag, das sind die Landschaften!«

Tatsächlich, es geht quer durch ein überhitztes, festliches Frankreich, dessen Menschen sich in den Ebenen, den Städten und in den Bergen aneinander reihen. Die Osmose zwischen ihnen und der Umgebung findet in kindlicher Begeisterung statt, mitunter von übermütigem Gejohle durchbrochen. Doch vor dem Hintergrund des felsigen Galibier, des nebligen Tourmalet dient ein wenig gallische Deftigkeit nur dazu, die mythische Dimension der Helden zu unterstreichen.

Die weniger entscheidenden Etappen im flacheren Gelände werden ebenso begeistert verfolgt. Das Gefühl, die Tour mitzuerleben, ist hier gedrängter, kompakter, und sie bietet dem Werbetross guten Auslauf. Was interessieren einen die Sensationen in der Wertung, was zählt, ist die Idee: für einen Augenblick mit ganz Sonnenfrankreich, Erntefrankreich eins sein. Auf dem

Bildschirm des Fernsehers sieht ein Sommer aus wie der andere, und die dramatischsten Wettfahrten schmecken nach Minzsirup.

Ein Gläschen Port

Natürlich ist es die reine Heuchelei: »Na gut, ein Gläschen Port, mehr nicht!«

Mit einem winzigen Zögern sagt man das, liebenswürdig widerstrebend. Man ist ja keiner von diesen Spielverderbern, die sich vor dem Essen gar keinen Aperitif gönnen wollen. Aber so »ein Gläschen Port, mehr nicht« wirkt mehr wie ein Zugeständnis als wie ungebremste Begeisterung. Man spielt mit, aber ganz klein, mezza voce, in flüchtigen Schlückchen.

Ein Gläschen Port trinkt man nicht, man nippt daran. Auf diese samtene Süffigkeit kommt es an, aber auch auf eine gewisse, etwas knauserige Zurückhaltung. Während die anderen sich der herben, eiswürfelgekühlten Wucht des Whiskys oder des Martini dry hingeben, bleibt man selber ganz der stilmöbelhaften Milde treu, der pfarrersgartengemäßen Fruchtigkeit, der vieljährig gereiften Süße – gerade stark genug, dass Jungfernwangen sich röten.

Der dunkle Klang von »Port« gluckert am

Grunde der schwarzen Bouteille. »Port«, das gurgelt in einer dunklen Bucht, das trägt den Kopf leicht arrogant, etwa wie ein Edelmann. Klerikal ist dieser Adel, düster und dennoch von goldenen Borten gesäumt. Im Glas bleibt aber nur noch die Erinnerung an das Schwarz. Eher granat- als rubinrot ist das, sanfte Lava, sie beschwört Geschichten von Messern herauf, von Racheaktionen unter glühender Sonne, von Klosterintrigen unter der Klinge des Dolchs. Ja, viel Brutales, aber gemildert durch das Zeremoniell des kleinen Glases, durch die zurückhaltenden Schlückchen. Stumpfe Sonne, gedämpftes Gleißen. Ein perverses Aroma matter Frucht, in dem alles Überbordende, allzu Brillante sich verloren hat. Bei jedem Nippen lässt man den Portwein zu einer heißen Quelle zurücksteigen. Ein Genuss in Gegenrichtung, insgeheim, wenn die Nüchternheit sich duckmäuserisch gibt. Bei jedem Eintauchen der Zunge in das Dunkelrot quillt der schwere Samt drängender hinauf. Jeder Schluck eine Lüge.

Am Strand lesen

Gar nicht so einfach, am Strand zu lesen. Auf dem Rücken ist es fast unmöglich. Die Sonne blendet, man muss sich das Buch mit ausgestreckten Armen vor das Gesicht halten. Ein paar Minuten geht das ganz gut, dann drehst du dich um. Auf der Seite, auf dem Ellbogen, den Kopf in die Hand gestützt, das Buch in der anderen haltend – und dann auch noch umblättern –, so ist es auch nicht viel bequemer. Schließlich liegst du auf dem Bauch, beide Arme vor dir angewinkelt. Dicht über dem Boden geht immer ein bisschen Wind. Die kleinen Glimmerkristalle kriechen in den Einband. Auf dem leichten, gräulichen Papier der Taschenbücher sammeln sich Sandkörner, hören auf zu glitzern, werden übersehbar – ein geringes zusätzliches Gewicht, das du ein paar Seiten später nachlässig verstreust. Aber auf dem schweren, körnigen, weißen Papier der Originalausgaben setzt der Sand sich fest, wandert über die cremefarbene Rauheit, glitzert hier und da. Zusätzliche Punkte, ein neuer Raum, der sich öffnet.

Auch auf das Thema des Buchs kommt es an. Kontraste sind reizvoll. Eine Passage aus Léautauds *Journal* lesen, in der er über die Körpermassen an den bretonischen Stränden lästert. Oder du liest Prousts *Im Schatten junger Mädchenblüte* und träumst dich in eine Welt voller Strohhüte, Sonnenschirme und altertümlich komplizierter Grußformeln. Oder aber du brätst unter der Sonne und tauchst in Oliver Twists verregnetes Unglück ein, reitest à la d'Artagnan durch die lastende Reglosigkeit des Juli.

Aber Ton in Ton zu bleiben, das hat auch seine Vorteile: Übertrage Le Clézios *Wüste* auf deinen Strand, dann wird der über die Seiten rieselnde Sand zu Geheimnissen der Tuareg, zu langsamen blauen Schatten.

Wenn du zu lange so liegst, sinkt dein Kinn in den Sand, der Strand rinnt dir in den Mund, also setzt du dich auf, verschränkst die Arme vor der Brust, eine Hand kommt manchmal hervor, blättert, markiert die Seiten. Irgendwie eine pubertäre Haltung, aber warum? Sie verleiht dem Lesen etwas unmerklich Melancholisches. Diese aufeinander folgenden Stellungen, diese Versuche, diese Ermattungen und kurzfristigen Genüsslichkeiten, all das macht das Lesen am Strand aus. Es ist, als würdest du mit dem Körper lesen.

Das Surren des Dynamos

Diese sachte Reibung, die bremst und rubbelt, am Reifen schnurrt. So lange bist du nicht mehr in der Dämmerung Rad gefahren! Ein Auto hat im Vorbeirauschen gehupt, da hast du dich auf diese alte Bewegung besonnen: sich nach hinten beugen, mit tastender linker Hand, und auf den Knopf drücken – schön von den Speichen fern halten natürlich. Das Glück, die gelehrsame Gefügigkeit der kleinen Milchflasche auszulösen, die sich jetzt an den Reifen legt. Das schmale, gelbe Lichtbündel des Scheinwerfers lässt die Nacht ringsum sofort tiefblau erscheinen. Aber besonders wichtig ist die Musik. Das leise, beruhigende »frr frr« scheint nie aufgehört zu haben. Du wirst dein eigenes Stromkraftwerk, wie du schwungvoll trittst. Das ist etwas anderes als das Scharren eines schiefen Schutzblechs. Nein, wie sich der Reifen gummiweich an den gerieften Kopf des Dynamos schmiegt, das gibt weniger das Gefühl eines Hemmnisses als das einer wohl tuenden Benommenheit. Die Landschaft ringsum schläft ein unter dem gleichförmigen Vibrieren.

Dann steigen Vormittage der Kindheit herauf, der Schulweg, die Erinnerung an eiskalte Finger. Sommerabende, als du beim Nachbarshof Milch holen fuhrst – der Rhythmus der scheppernden Metallkanne, deren kleine Kette tanzt. Dämmernde Abende auf dem Heimweg vom Angeln, hinter dir ein schlafendes Haus, die leichten Bambusruten stoßen aneinander. Der Dynamo schafft immer Weg für eine Freiheit, die du im fast Grauen, nicht mehr Blassvioletten genießt. Er eignet sich zum ganz sanften, gemessenen Treten, bei dem du auf den Ablauf des pneumatischen Mechanismus achtest. Zur Musik des Dynamos läufst du rund, zum Ton eines Windmotors, der angetrieben wird von der leichten Luft der Straßen deiner Erinnerung.

Nasse Espadrilles kriegen

Der Weg sieht eigentlich gar nicht nass aus. Erst einmal bemerkst du nichts. Deine Schritte bleiben leicht, Hanfband auf Erde, du spürst den leicht federnden Boden unter den Füßen, das ist ja das Schöne daran, in Espadrilles zu gehen. In Espadrilles bist du nur eben so weit zivilisiert, dass du die Erdkugel noch duzen darfst, ohne die furchtsame Zurückhaltung des bloßen Fußes, ohne die lässige Sicherheit des fest Beschuhten. Espadrilles bedeuten Sommer, die Welt ist elastisch und warm, manchmal klebt der weiche Asphalt ein bisschen. Aber auf dem Sandweg gleich nach dem Regenschauer geht es sich wunderbar. Es duftet ... nach Maiskolben, Holunderzweigen, Pappellaub – nach diesen kleinen, gelben, trägen Sommerblättern, die lieber zu Füßen des Baumes schlafen. Das ist dieser helle Duft. Darüber schwebt ein eher dunkelgrüner, vom Ufer her, mit einer Minzenote neben dem faden Schlammgeruch. Gleich über den Pappeln schiebt sich der Himmel am Horizont grauviolett zusammen, ferne, zufriedene Wolken, die gar nicht regnen wollen. Landschaft, Düfte, das elastische Gehen – die gemischten Eindrücke schwingen im Gleichgewicht. Dann drängelt sich aber allmählich von unten her etwas dazwischen: Der Fuß, das Auftreten, der Boden entwickeln eine seltsame Schwerkraft. Als du denkst, vielleicht sind deine Espadrilles nass geworden, ist es längst zu spät. Es ist unaufhaltsam, beginnt am Rand des Stoffs: ein noch unentschiedener Fleck, der wächst und erkennen lässt, wie starr der Stoff ist. Eben noch war es ein Gefühl, als hättest du Windsohlen unter den Füßen, als trügest du so feines Leinen, dass es am Rand einschneidet. Doch schon nach zwei Pfützen wird dieses luftige Tuch rau wie ein Kartoffelsack. Dass es sich nass anfühlt, macht nichts, aber dazu kommt jetzt diese unerträgliche Schwere. Die heuchlerische Sohle tut nur kurz so, als würde sie sich wehren, dann streckt sie die Waffen. Das ganze Übel liegt an ihr, der geflochtene Hanf wölbt sich bald, kompakt, pervers vollgesogen, nichts atmet mehr. Die kleinen Gummiflecken an Ferse und Spitze können einem richtig Leid tun, dieser hilflose Versuch, die unvermeidliche Katastrophe mit winzigen Stückchen Zivilisation abzuwehren. Espadrilles sind Espadrilles. Wenn sie nass sind, werden sie immer schwerer, und der Schlammgeruch überholt den Pappelduft. Der Himmel droht nicht mehr mit Regen, aber du bist trotzdem nass geworden, wie dumm, Sommer und Sand werden klebrig. Was jetzt kommt, weißt du auch schon. Die Espadrilles werden nie wieder richtig trocken. Auf dem Fensterbrett oder im Schuhschrank krümmen sie sich, der Hanfstrick platzt zu plüschigen Flocken auf, der Stoff wird nie wieder leicht, der Wasserfleck hinterlässt Ränder.

So ist die Diagnose von den ersten Anzeichen an fatal: keine Chance, keinerlei Hoffnung. Nasse Espadrilles kriegen, das heißt die bittere Wollust eines kompletten Schiffbruchs durchleben.

Der erste Schluck Bier

Er ist der einzige, der zählt. Die anderen, immer größeren, immer harmloseren, verursachen nur noch eine laue Benommenheit, sind freudloser Überfluss. Höchstens der Letzte erlangt eine ähnliche Bedeutung, wegen der Enttäuschung, dass es vorbei ist.

Aber der erste Schluck! Schluck? Es fängt schon lange vorher an. Allein schon das prickelnde Gold auf den Lippen, die vom Schaum verstärkte Frische, dann langsam am Gaumen entlang das von Bitterkeit gezügelte Glück. Wie lang er einem vorkommt, der erste Schluck! Du trinkst ihn sofort, mit geheuchelt instinktiver Gier. In Wahrheit steht alles bereits fest: die Menge, dies Nicht-zu-viel und Nicht-zu-wenig, das den idealen Anfang auszeichnet, dann das unmittelbare Wohlgefühl, von einem Seufzer gekrönt, einem Zungenschnalzen oder einem Schweigen, das beides ersetzt: die trügerische Empfindung eines Genusses, der endlos zu sein verspricht . . . Zugleich weißt du es schon. Das

Beste hast du gehabt. Du stellst das Glas ab, schiebst es sogar ein wenig weg auf dem kleinen löschpapierartigen Viereck. Du labst dich an der Farbe, Kunsthonig, kalte Sonne. Ein ganzes Ritual von klugem Warten bietest du auf, so gern würdest du das Wunder in den Griff bekommen, das eben geschehen ist und sich entzogen hat. Befriedigt liest du an der Wand des Glases genau den Namen des Biers, das du bestellt hast. Aber auch wenn Behältnis und Inhalt einander entsprechen, einander unendlich reflektieren, es wird sich nicht noch einmal ereignen. Du möchtest das Geheimnis des reinen Goldes ergattern, es in Formeln fassen. Doch an seinem kleinen weißen, sonnengesprenkelten Tisch rettet der enttäuschte Alchimist nur den äußeren Schein und trinkt immer mehr Bier mit immer weniger Freude. Ein bitteres Glück ist das: Du trinkst, um den ersten Schluck zu vergessen.

Der reglose Garten

Du gehst durch einen Garten irgendwo in Südwestfrankreich. Es ist Sommer, mitten im August, frühnachmittags. Kein Windhauch. Sogar das Licht scheint auf den Tomaten zu schlafen: ein kleines Glitzern auf jeder roten Frucht. Der letzte Regen hat sie mit etwas Sand bespritzt. Eine schöne Vorstellung: sie unter kühlem Wasser abspülen und in ihr durchwärmtes Fruchtfleisch beißen. Zu dieser reglosen Stunde des Tages die Farbenskala durchprobieren. Da sind blassgrüne Tomaten, dunkler nur im Blütenansatz, und andere, fast orangefarbene, in denen etwas Säuerliches wartet. Sie scheinen die Zweige nicht zu beschweren. Nur reife Tomaten besitzen diese hängende Sinnlichkeit.

Ein Hocker lehnt an dem Pflaumenbäumchen. Ein paar Früchte liegen auf dem Weg um den Gemüsegarten. Von weitem wirken die Pflaumen violett, aber aus der Nähe entdeckst du einen Kampf zwischen Dunkelblau und Rosa. Ein paar Zuckerkörnchen kleben auf der zarten

Haut: Das Fallobst ist aufgeplatzt und bietet sein apricotfarbenes, von der feuchten Erde leicht braun gefärbtes Fleisch dar. Die noch nicht ganz reifen Pflaumen am Baum zeigen fleckige Rottöne auf ockergrünem Grund. Das Blau ihrer älteren Schwestern fasziniert und erschreckt sie.

Du suchst Schatten, aber die Sonne sickert unerbittlich sanft durch die Zweige. An ihr liegt es, dass der Gemüsegarten so sandfarben ist, der hitzemüde Kopfsalat genauso wie der fast am Boden liegende Mangold. Nur das Mohrrübenkraut ist knackig grün geblieben, als könnte es der Mattigkeit widerstehen, obwohl es so fein ist. Hinten vor der Hecke sind die Himbeeren schon über die Zeit, die Samtigkeit der Rubine und Granate ist vergangen, braune Trockenheit herrscht, Pergament, Vulkanschlacke. Gegenüber vor der niedrigen Steinmauer verläuft ein Birnenspalier mit seinen symmetrisch geführten Ästen; weniger starr wirkt es durch die ovalen Früchte mit ihrer matten, rotgesprenkelten Schale. Aber die säuerlichste Frische, die den Durst am besten stillt, verspricht die Muskatellerrebe gleich daneben. Die Trauben zögern zwischen Blassgold und Wassergrün, zwischen Durchsichtigkeit und Milchigkeit. Manche trinken das Licht, andere sind zurückhaltender unter ihrem Überzug aus Staub und getrocknetem Tau. Einige wenige färben sich schon weinrot und mischen sich in die Verführung der jugendlich grünen ein, die sich in der Augustsonne räkeln.

Es ist heiß, aber Pflaumen-, Aprikosen- und Kirschbaum spenden Schatten, in dem auch die unbenutzte Tischtennisplatte schläft – ein paar rote Pflaumen sind auf ihren smaragdgrünen, abschilfernden Anstrich gekullert. Es ist heiß, aber der Garten verheißt auch im tiefsten August noch Wasser. Um eine schlanke Bambusstaude ringelt sich der ausgeblichene Gartenschlauch. Die unregelmäßigen Bögen seiner Mäander, die uralten Flickstellen aus Isolierband und Bindfaden haben etwas Trautes, Friedliches an sich; Wasser, das da herauskommt, kann einfach nicht kalkig hart sein oder maschinenhaft kalt. Heute Abend wird der Schlauch sanftes, schmeichelndes Wasser ausgießen, nicht zu viel und nicht zu wenig.

Jetzt ist aber erst einmal die Stunde der Sonne, der Reglosigkeit über dem Sand, über dem Grün, dem Rosa – es ist Zeit zu pflücken und innezuhalten.

Nachts auf der Autobahn

Das Auto ist eine seltsame Sache: wie ein kleines, vertrautes Haus und zugleich wie ein Raumschiff. Minz-Lakritz-Bonbons in Griffweite. Aber auf dem Armaturenbrett grün-elektrisches, kaltblaues, blassorange phosphoreszierendes Glimmen. Du brauchst nicht einmal das Radio – nachher vielleicht, um Mitternacht, für die Nachrichten. Es tut wohl, sich von diesem Raum gefangen nehmen zu lassen. Natürlich wirkt alles dienstbar, alles ist gefügig: der Ganghebel, das Lenkrad, die Scheibenwischer einmal hin und her, ein leichter Druck auf den Fensterheber. Doch zugleich führt das Gehäuse dich, zwingt dir seine Macht auf. In dieser mit Einsamkeit gepolsterten Stille sitzt du ein wenig wie in einem Kinosessel: Der Film läuft vor dir ab, er scheint das Wesentliche zu sein, doch das kaum spürbare freie Schweben des Körpers vermittelt den Eindruck einer einverständigen Abhängigkeit, und die ist auch wichtig.

Draußen, im Kegel des Scheinwerferlichts,

zwischen den Leitplanken rechts und den Büschen links, herrscht dieselbe Seelenruhe. Aber du brauchst nur unvermittelt das Fenster zu öffnen, und schon ohrfeigt das Draußen deine Schläfrigkeit: Die rohe Geschwindigkeit macht sich geltend. Draußen haben einhundertzwanzig Stundenkilometer die kompakte Dichte einer zwischen die Leitplanken geworfenen stählernen Bombe.

Du durchfährst die Nacht. Die in Abständen aufeinander folgenden Schilder – Futuroscope, Poitiers-Nord, Poitiers-Süd, Nationalpark Marais Poitevin nächste Ausfahrt – tragen sehr französische Namen und einen Duft nach Erdkundestunden. Aber das ist ein abstraktes Aroma, eine blinde Realität, die du mit der Gerissenheit des Faulpelzes überlistest: Dieses virtuelle Frankreich, das du da niedermachst, den Fuß auf dem Gaspedal, das Auge auf dem Kilometerzähler – wieder eine Lektion, die du nicht lernen wirst.

Raststätte zehn Kilometer. Du wirst halten. Schon siehst du die pfannkuchenflache Lichtkuppel in der Ferne, sie wird immer breiter, wie ein Hafen, der am Ende einer Schiffsreise auf einen zugleitet. Super plus 98 Oktan. Der Wind ist kalt. Die mechanische Willigkeit des Zapfhahns, das Schnurren des Zählwerks. Dann die Raststätte, irgendwie klebrig wie alle Bahnhöfe, alle nächtlichen Zufluchtsorte. Espresso – Extrazucker. Auf die Vorstellung vom Kaffee kommt es an, nicht auf den Geschmack. Hitze, Bitterkeit. Ein paar steife Schritte, müder Blick, an einigen Gestalten vorbei, doch ohne Worte. Und dann wieder im Schiff, der Kapsel, in die du dich einschmiegst. Die Schläfrigkeit ist überwunden. Gut, dass die Dämmerung noch weit ist.

In die Brombeeren gehen

Ein Spaziergang, den man am besten mit alten Freunden macht, im Spätsommer. Fast sind die Ferien zu Ende, in ein paar Tagen fängt alles wieder an; dann tut dieses letzte Schlendern, das schon nach September duftet, gut. Es ist nicht nötig, einander einzuladen, gemeinsam zu Mittag zu essen. Nur einfach ein Anruf früh am Sonntagnachmittag:

»Habt ihr Lust, Brombeeren zu pflücken?«

»Lustig, das wollten wir euch auch gerade fragen!«

Ihr geht immer zu derselben Stelle, zu einer kleinen Straße am Waldrand. Jedes Jahr ragen die Ranken höher, sind sie undurchdringlicher. Die Blätter sind von jenem matten, tiefen Grün, die Stängel und Dornen weinrot, die Farben scheinen von dem Zierpapier zu stammen, in das man Bücher und Hefte einschlägt.

Jeder hat einen Plastikeimer dabei, in dem die Beeren sich nicht gegenseitig zerquetschen. Ohne übertriebene Begeisterung beginnt man zu pflücken, ohne allzu viel Disziplin. Zwei, drei Gläser Marmelade wären schon genug, schon bald bei herbstlichen Frühstücken genossen. Doch die größte Köstlichkeit ist das Sorbet. Ein Brombeersorbet noch an demselben Abend, frostige Süße, in der die letzte Sonne schläft, erfüllt von dunkler Frische.

Die Brombeeren sind klein, schwarzglänzend. Beim Pflücken kostest du aber lieber diejenigen, an denen noch ein paar rötliche Kugeln sitzen, die etwas säuerlichen. Bald sind deine Hände fleckig. Mehr schlecht als recht wischst du sie am hellen Gras ab. Der Farn am Waldrand rötet sich schon und regnet in gekrümmten Sprossen auf die lila Perlen des Heidekrauts. Ihr redet über dies und das. Die Kinder wirken ernst, sie haben Angst, diesen oder jenen Lehrer zu bekommen oder eben nicht. Wegen der Kinder ist da dieses Gefühl von Ferienende, und ihretwegen schmeckt der Brombeerpfad nach Schule. Die Strecke ist sanft, kaum gewellt, ein idealer Weg zum Plaudern. Zwischen zwei Regenschauern versucht das Licht noch, warm zu wirken. Ihr habt Brombeeren gepflückt, ihr habt den Sommer gepflückt. Dort in der kleinen Kurve bei den Haselsträuchern gleitet ihr dem Herbst entgegen.

In einem alten Zug

Nicht im TGV, o nein! Auch nicht im Intercity oder auch nur im Interregionalzug, sondern in einem dieser alten khakibraunen Züge, die nach den sechziger Jahren riechen. Du hattest einen funktional-aseptischen Großraumwaggon erwartet, eine automatisch aufgleitende Schiebetür. Aber heute haben sie auf dieser vertrauten Strecke ausnahmsweise so einen altertümlichen Zug eingesetzt. Warum? Das ist nicht zu erfahren.

Du gehst den Gang hinunter. Die erste Bewegung, die alles ändert: Du ziehst die Abteiltür auf. Du trittst in einen Schwall elektrischer, muffiger Wärme, dringst in eine mehr oder weniger fläzige Privatheit ein: Man mustert dich von Kopf bis Fuß. Nichts von wegen Anonymität der monolithischen Großraumwaggons! Hier nicht zu grüßen, sich nicht zu erkundigen, ob ein Platz frei ist, das wäre fast barbarisch. Du musst dabei sogar eine gewisse bekümmerte Sorge an den Tag legen, das gehört zum Ritual. Das ist das Sesam-öffne-dich. Wer um die Ehre des Zutritts in die gute Stube ersucht, wird auch eingelassen, mit einer etwas knurrigen Zustimmung.

Dann darfst du es dir auf deinem Gangplatz bequem machen und die Beine ausstrecken. Der Blick jedes einzelnen Passagiers folgt einer kleinen, instinktiven Gymnastik: mögliche Pause auf dem schwarz gummierten Boden, zwischen den Füßen der Fahrgäste; gern gesehene längere Pause dicht über ihren Gesichtern. Die dazwischen liegenden Blickpositionen müssen flüchtiger sein – dabei sind das die interessantesten. Aber darauf fällt niemand herein: Alle wissen, dass das Auge, wo es schamhaft rasch ist, umso schärfer hinschaut. Ein kurzer Seitenblick auf die Landschaft scheint geraten, mit einer Etappe auf den bleigrauen Aschenbechern mit der Gravur »S.N.C.F.«. Oben aber, neben dem angeschraubten Spiegel, darf das Auge verweilen. Obgleich das Schwarzweißfoto in seinem kleinen Metallrahmen, »Moustiers-Sainte-Marie (Departement Hautes-Alpes)«, keine Sensationen verspricht. Viel eher beschwört es ein altertümliches Leben herauf, zu dem die Abteil-Etikette gehört, das Picknick. Fast verströmt es den Geruch von Hartwurst, mit dem Opinel-Klappmesser geschnitten, fast erwartet man, dass gleich die rotkarierte Serviette aufgefaltet wird. Du tauchst in die Zeit ein, als das Reisen noch Ereignis war, als man dich mit protokollarischen Fragen auf dem Bahnsteig erwartete:

»Nein, überhaupt nicht anstrengend. Gangplatz, ein junges Ehepaar, zwei Soldaten, ein alter Herr, der ist in Les Aubrais ausgestiegen.«

Ein Roman von Agatha Christie

Herrscht in den Romanen von Agatha Christie wirklich so viel Atmosphäre? Vielleicht denkst du dir das nur aus – einfach, weil du dir sagst: Ah, ein Roman von Agatha Christie. Ja, der Regen auf dem Rasen hinter den Erkerfenstern, die mit erpelgrünen Ranken gemusterten doppelten Chintz-Vorhänge, die sanft geschwungenen Sessel, deren Bezüge bis auf den Boden hängen – wo ist das alles? Wo sind die fuchsienroten Jagdszenen rund um das Teeservice, die bläulichen, steifen Wedgewood-Aschenbecher?

Hercule Poirot braucht nur seine kleinen grauen Zellen in Bewegung zu setzen und sich an den Schnurrbartspitzen zu zupfen, schon siehst du das Hellorange des Tees und riechst das malvenfarbene, etwas muffige Parfüm der alten Mrs. Atkins.

Es wird gemordet, und trotzdem ist hier alles so ruhig. Die Regenschirme tropfen im Eingang, ein Dienstmädchen mit milchweißem Teint geht über das helle, mit Bienenwachs gebohnerte Parkett davon. Niemand spielt auf dem alten Pianoforte, und dennoch scheint rings um die aufgestellten Fotos und das japanische Porzellan eine etwas abgestandene Romanze ihre Verwicklungen auszuleben. Mehr als auf die Brutalität des Mordes, das weiß man ja, kommt es auf die Intrige an, auf die Entlarvung des Täters. Mit Poirots grauen Zellen zu wetteifern, mit Agathas Meisterschaft, das brauchst du erst gar nicht zu versuchen. Auf der letzten Seite überrascht sie dich immer, das ist ihr gutes Recht.

Also machst du es dir solange bequem, richtest dir zwischen dem Verbrechen und dem Verbrecher ein kuscheliges Universum ein. Diese englischen Cottages lassen träumen: von den kupfernen Geräuschen der Victoria-Station, der Sonnenschirm-Langeweile auf der Hafenpromenade in Brighton, sogar von den finsteren Korridoren aus *David Copperfield.*

Das Krocketspiel wird sehr nass. Der Abend ist mild. Beim angelehnten Fenster genießen die Bridge-Spieler den Letzten, trägen Duft der Herbstrosen. Bald beginnt die Fuchsjagd, vor einem Hintergrund von roten Brombeerranken und Holunderbeeren.

All das erwähnt die Autorin freilich mit keinem Wort. Sie regiert dich mit eiserner Hand, und du machst es wie mit jeder allzu gebieterischen Autorität: Insgeheim, fast diebisch genießt du alles, was du weder sehen noch atmen solltest, alles, was du nicht schmecken dürftest. Du köchelst dir etwas zusammen, und es ist köstlich.

Spontaneinladung

Es war wirklich nicht geplant. Du hast für morgen noch etwas zu tun, wolltest nur kurz vorbeischauen, etwas fragen, aber dann hat es geheißen:

»Bleib doch zum Abendessen! Nichts Besonderes, einfach, was so im Haus ist!«

Die Sekunden, in denen du die Einladung kommen spürst, sind köstlich. Einerseits natürlich, weil es angenehm ist, weiter zusammen zu sein, aber auch, weil es den Zeitplan über den Haufen wirft. Der ganze Tag war schon so vorhersehbar gewesen, und der Abend schien auch nach Plan abzulaufen. Und plötzlich, von einer Sekunde auf die andere, diese unerwachsene Idee, den Lauf der Dinge umzustoßen, einfach so. Natürlich machst du mit.

Ganz ohne Förmlichkeiten: Man bittet dich nicht etwa, im Wohnzimmer für einen Aperitif in einem Polstersessel Platz zu nehmen, wie es sich gehört. Nein, das Gespräch köchelt in der Küche weiter – ach, könntest du mir schnell die Kartoffeln schälen? Einen Gemüseschäler in der Hand, erzählt es sich persönlicher und natürlicher. Du knusperst im Vorbeigehen ein Radieschen. Wer so spontan eingeladen wird, gehört fast zur Familie, es ist fast, als wohnte er in denselben vier Wänden. Er kann überall hin, in den hintersten Winkel, in die Wandschränke. Wo hast du denn den Senf stehen? Schalotten- und Petersilienduft scheinen aus einer früheren Zeit herüberzuwehen, in der man noch gemeinsam lebte – vielleicht wie damals, als du deine Hausaufgaben abends am Küchentisch machtest?

Immer längere Pausen zwischen den Wörtern. Es braucht nicht mehr ständig zu plätschern. Das Beste jetzt sind die sanften Strände zwischen den Wörtern. Entspanntheit. Du blätterst ein Buch durch, per Zufall aus dem Bücherschrank gegriffen. Eine Stimme sagt: »Ich glaube, alles ist fertig« – nein, du willst kein Glas schon mal vorweg, wirklich nicht. Vor dem Essen setzt sich alles um den gedeckten Tisch, ihr plauscht noch ein bisschen, die Füße hast du auf der etwas zu hoch angebrachten Strebe des Strohstuhls. Als Spontangast fühlt man sich wohl, ganz frei, ganz leicht. Die schwarze Hauskatze räkelt sich in deinem Schoß, du fühlst dich adoptiert. Das Leben eilt nicht mehr – es lässt sich überraschen.

Seidengeraschel

Im Schaufenster geblümte Bustiers, formende BHs, knappgeschnittene Slips in frischen Fresientönen, lila und violett. Ein paar Fotos von coolen Models zeigen gewagtere schwarze Garnituren. Werden die dämonischen Anspielungen dieser seidenen Dessous wirklich vom unschuldigen Lächeln der Covergirls ausgeglichen, die dich scheinbar ohne Hintergedanken anschauen? Wahrscheinlich ist das im Gegenteil der Gipfel der Perversion. Du betrittst das Geschäft mit dem schlichtesten, anständigsten Alibi der Welt:

»Könntest du noch bei Madame Rosières vorbeigehen, mir Druckknöpfe mitbringen?«

Madame Rosières! Ja, die Inhaberin dieses erregenden Ladens voller offizieller Zweideutigkeiten trägt einen altmodisch-prüden Namen. Wenn man sich die luziferischen Ausrüstungsgegenstände so ansieht, möchte man kaum glauben, dass eine Madame Rosières so etwas irgendwo hinten im Schatten ihrer Wandregale verkauft.

Draußen war es schwül, Gewitterhitze hat dich auf dem ganzen Weg zum Zeitungsladen und sogar in die feudale Apotheke daneben verfolgt. Aber bei Madame Rosières ist es frisch, cremefarben wie all diese winzigen Schubladen, die sich bis unter die Decke türmen. Das Geschäft ist eigentlich ein langer Gang, ganz hinten der Verkaufstresen. Hinter ihm sitzen zwei kleine Alte, die eine in ländliche Satinstoffe gekleidet, einen Strohhut mit Hutband im Schoß, die andere mit blauer Kittelschürze, fast genau wie eine Schülerin früherer Zeit. Der Strohhut hat auf einen Schwatz vorbeigeschaut, die Kittelschürze ist Madame Rosières. Sie steht auf, kommt mit freundlichem Diensteifer herbei – bald erkennst du, dass sie nicht unfroh ist, eine Pause vom beharrlichen Geplapper ihres Besuchs zu haben. Eine sehr kurze Pause. Trotz deiner Gegenwart lässt der Strohhut ohne Antwort, aber unverdrossen regelmäßig kleine Sätze los:

»Also Teppichknüpfen macht mir wirklich keinen Spaß mehr, meine Gute.«

»Du musst mir noch neues Stickgarn mitgeben.«

»Ist nicht nächsten Dienstag Geflügelmarkt?«

»Diese Hitze, diese Hitze!«

Hinten im Geschäft treten Stickvorlagen auf Stramin an die Stelle des Seidengeraschels: röhrender Hirsch, schmachtende Zigeunerin, schmalziger Sänger, bretonische Landschaft.

Rechts und links vom Tresen aber wartet der wahre Schatz des Ortes. Erst einmal sind da nach Größe geordnete Knöpfe aller Art auf weißen Pappschildern. Nützliche Emaillen, praktische Kameen: Diese Schmuckstücke des Alltagsraffinements bekommen ihren wahren Wert erst neben ihresgleichen. Es wäre ein Sakrileg, die hellgrünen Knöpfe zu kaufen, sie aus der Gesellschaft der pflaumengrünen, smaragdgrünen und korallroten zu reißen. Dasselbe Farbschillern beherrscht die Reihen der Zwirnrollen in dem Wandregal, das die ganze Palette der Nuancen darbietet. Bei den Stickgarnen ist die Kunst der Abstufung verborgener. Madame Rosières zieht sie aus Schubladen, in denen sie gewellt und Ton in Ton warten, sie zückt eine Hand voll brauner Schlangen, jede an beiden Enden mit einem schwarzen Papierreif gefasst.

Kurz siehst du ein ungehöriges Bild vor dir. Madame Rosières, die Schülerin der geduldigen Kunststopferinnen, die Heilige der Stickerinnen, die mit niedergeschlagenen Augen sittsam auf ihre Arbeit blicken, Madame Rosières, die Beschützerin der Markenkleidung, die man bis zum Ende aufträgt und Knopf um Knopf ersetzt – trägt diese Madame Rosières um ihrer eigenen Eleganz willen fresienfarbene Seidenunterwäsche? Du würdest ihr eher solche unförmigen, fleischfarbenen Miederhosen zutrauen, wie sie sich an Markttagen unweit ihres Geschäfts an einem Stand häufen, bequeme Flanellunterhosen, die sich neben den Kleidern für die Bäuerinnen stapeln.

Und doch. Dass Madame Rosières ihr Leben lang die Tradition der eleganten Dessous gepflegt hat, kann eigentlich nur heißen, dass sie selber zumindest manchmal welche trägt, wenn sie kokett, frivol gelaunt ist. In ihrem Alter freilich ... Aber das ist vielleicht das Geheimnis dieser kostbaren, frischen Atmosphäre, die im Schatten der Wandregale herrscht. Dem geblümten Bustier, den Madame Rosières tragen würde, blieben alle männlichen Grobheiten erspart und ebenso die Eitelkeit einer jungen Frau vor ihrem Spiegel. Nein, es wäre ein perfekter, ein asketischer Bustier, ausgesucht wegen seiner wunderbaren Farbe, seines Stoffes. Daher stammt die unschuldige Frische dieses cremefarbenen Tempels. Darum ist Madame Rosières trotz ihrer bescheidenen Kittelschürze von einem einzigartigen Schimmer umgeben: Sie ist die Heilige Jungfrau der Seidendessous.

Der Herbstpullover

Es ist immer schon später, als du dachtest. Der September ist so schnell vorübergegangen, ausgefüllt durch den Schulanfang. Als es zu regnen begann, hast du dir gesagt: »Jetzt ist der Herbst da«, hast hingenommen, dass alles nur noch ein kurzes Warten auf den Winter ist. Eigentlich hast du aber, ohne es dir einzugestehen, noch auf etwas anderes gewartet. Oktober. Echte Frostnächte, tags blauer Himmel über den ersten gelben Blättern. Glühwein, das sanfte, weiche Licht, wenn die Sonne erst um vier Uhr nachmittags wirklich wärmt, wenn alles die längliche Süße der vom Spalier gefallenen Birnen annimmt.

Und dann brauchst du einen neuen Pullover. Willst dir die Kastanien anziehen, das Unterholz, die Stachelschalen der Maronen, das Rosenrot der Täublinge. Willst die Jahreszeit in der weichen Wolle spiegeln. Aber ein neuer Pulli muss es sein: das neue Feuer aussuchen, das jetzt schon von seinem Ende weiß.

Grüntöne? Irlandgrün, Trockenerbsengrün, rauer Whiskey, wild und einsam wie die Torffelder, das niedrige Gras. Oder rot? Es gibt so viel verschiedenes Rot, Ophelias Haar, Sehnsucht nach dem Kinderimbiss Brot-Butter-Honigkuchen, Wälder vor allem, rote Erde, roter Himmel, ungreifbare Düfte von Jahrmärkten und Holz, von Steinpilzen und Wasser. Und warum nicht Beige? Ein grobmaschiger Pulli mit Zopfmuster, als hätte noch jemand Zeit, für dich zu stricken.

Ein sehr weiter Pullover: Der Körper verschwindet, du wirst zur Jahreszeit. Ein Pulli zum Anlehnen, voller Hoffnung . . . Auch für dich selber ist es schön, dieses Endspiel Ton in Ton. Die Behaglichkeit der Melancholie. Die Farbe der Tage kaufen, einen neuen Herbstpullover.

Apfelduft

Du betrittst den Keller. Sofort ist er da und nimmt dich gefangen. Dort sind die Äpfel, auf Borden, umgedrehten Obstkisten angeordnet. Darauf warst du nicht gefasst: nicht darauf, dass dich so ein Weltschmerz überwältigt. Aber nichts zu machen. Der Apfelduft ist eine Brandungswelle. Wie konntest du nur so lange ohne diese bittersüße Kindheit existieren?

Die angeschrumpelten Früchte müssen köstlich sein, von jener trügerischen Trockenheit, die jede Runzel mit kondensiertem Aroma tränkt. Doch du hast keine Lust, sie zu essen. Vor allem: Bloß nicht diese schwebende Macht des Dufts in einen identifizierbaren Geschmack verwandeln. Soll man sagen, das riecht gut, das riecht kräftig? Nicht doch. Es ist weit mehr ... Ein innerlicher Duft, der Duft eines besseren Selbst. Der Herbst in der Schule ist darin eingeschlossen. Mit violetter Tinte krakelst du Auf- und Abstriche. Der Regen prasselt an die Fensterscheiben, der Abend wird lang sein ...

Doch der Apfelduft ist mehr als nur Vergangenheit. Du denkst an früher wegen seiner Fülle und Intensität, wegen der Erinnerung an muffige Keller, an dunkle Dachböden. Nein, er bringt dich auch dazu, hier und heute zu leben, hier durchzuhalten, aufrecht. Das hohe Gras, die Feuchte des Gartens hast du hinter dir. Vor dir ist etwas wie warmer Atem, der sich im Schatten verströmt. Dieser Duft hat alle Brauntöne eingefangen, alles Rot, dazu ein wenig säuerliches Grün. Dieser Duft hat die Sanftheit der Apfelschale destilliert, ihre winzige Rauheit. Mit trockenen Lippen weißt du jetzt schon, dieser Durst ist nicht zu stillen. Nichts würde sich ändern durch den Biss in das weiße Fleisch. Man müsste Oktober werden, gestampfte Erde, Wölbung des Kellers, Regen, Erwartung. Der Duft der Äpfel ist schmerzlich. Er ist der Duft eines stärkeren Lebens, einer Langsamkeit, die du nicht mehr verdienst.

Inhalieren

Ah! Die kleinen Krankheiten der Kinderzeit, die einem ein paar Tage Erholung schenkten, während deren man im Bett *Bugs Bunny* lesen konnte! Wenn man dann älter wird, werden die Genüsse des Krankseins rarer. Es gibt Grog, freilich. Ein guter steifer Grog, sich außerdem bemitleiden lassen, das ist köstlich. Doch noch subtiler ist womöglich der Genuss des Inhalierens.

Erst kannst du dich nicht so schnell mit der Vorstellung anfreunden. Von fern wirkt das Inhalieren lästig, irgendwie giftig. Es scheint mit dem Gurgeln verwandt, von dem im Mund ein fader, kupferner Geschmack zurückbleibt. Doch dir ist so elend, dein Kopf ist schwer, benommen. Auf einmal denkst du, in der Küche ließe sich ein wenig Linderung finden. Ja, Herd, Spülstein, Kühlschrank, diese schlichte Funktionalität könnte dir helfen. Dort steht auch das Fläschchen Inhalat im Regal, neben den Lindenblüten- und Schwarzteebeuteln. Auf dem Etikett atmet ein altmodisches Profil genießerisch eine weiß wabernde Dampfschwade ein. Und das bringt die Entscheidung: dieses Gefühl, ein aus der Mode geratenes Ritual wiederaufleben zu lassen.

Du setzt Wasser auf. Früher gab es so einen Plastik-Inhalator, dessen zwei Teile sich immer voneinander lösten und der tiefe Abdrücke unter den Augen hinterließ. Wenn man das Buch etwas entfernt hielt, konnte man dabei sogar lesen. Mittlerweile ist dieses Gerät verschwunden, und jetzt ist es sogar besser. Du brauchst nur kochendes Wasser in ein Schüsselchen zu gießen und einen Löffel dieser goldenen Flüssigkeit hineinzugeben, die sofort zu einer grünlichen Wolke wird, trockenerbsenfarben. Du legst dir ein Frotteetuch über den Kopf. Fertig. Die Reise beginnt, schon bist du verschluckt. Von außen gesehen, wirkst du ganz wie einer, der sich auf gesunde Weise hilft, von einer mechanischen, gelehrigen Energie getrieben. Unter dem Tuch sieht es ganz anders aus. Eine Art Hirnerweichung greift um sich, du wirst von verschwommener Feuchte eingehüllt. Schweiß bedeckt die Schläfen. Das Eigentliche aber geschieht im Inneren. Regelmäßige, tiefe Atemzüge, offenbar zur methodischen Befreiung der Nebenhöhlen gedacht, entfalten die Kraft der magischen Öle. Vollkommen reglos durchstreifst du genießerisch, mit amphibienhaft verlangsamten Bewegungen den bleichen Dschungel des zartgrünen Giftes. Das Wasser stammt vom Dampf, der Dampf stammt vom Wasser. Du gibst dich dem Verschwimmen, bald der Betäubung hin. Ganz nah, sehr fern erklingen die Küchengeräusche einer schlichten Welt. Doch du bist in die Dämpfe innerer Fiebergluten eingetaucht und magst den Schleier nicht mehr lüften.

Süßigkeiten vom Araber

Manchmal schenkt dir jemand Lokums in einer hellen, mit Brandmalerei verzierten Holzschachtel. Das sind dann Reise-Mitbringsel-Lokums oder, noch unpersönlicher, Verlegenheits-Geschenk-Lokums. Seltsam, aber auf so ein Lokum hast du nie Lust. Das große Blatt Glanzpapier, das dafür sorgt, dass die Schichten der süßen Brocken nicht aneinanderkleben, sorgt auch dafür, dass dir die Lust vergeht, ein Lokum mit zwei Fingern herauszunehmen – nach dem Kaffee zum Beispiel –, in das du dann ohne große Überzeugung die Schneidezähne senkst, während du dir mit der anderen Hand den Puderzucker vom Pullover wischst.

Nein, verlockend ist das Lokum auf der Straße. Du siehst welche im Schaufenster: eine bescheidene, doch ansehnliche Pyramide zwischen den Henna-Schachteln und den mandelgrünen, bonbonrosa und goldgelben tunesischen Süßigkeiten. Das Geschäft ist eng und vom Boden bis zur Decke krachvoll. Hochmütigschüchtern betrittst du es, mit einem Lächeln, das allzu höflich ist, um ehrlich zu sein; diese Welt, in der dir nicht von vornherein klar ist, wie du dich zu verhalten hast, lässt dich zögern. Ist dieser kraushaarige Junge ein Verkäufer oder der Freund vom Sohn des Inhabers? Vor ein paar Jahren, darauf konnte man sich verlassen, stand da immer ein Berber mit einem blauen Mützchen, das schuf Vertrautheit. Jetzt aber musst du dich aufs Geratewohl hineinwagen, du läufst Gefahr, als das erkannt zu werden, was du bist, ein schleckmäuliger, hilfloser Banause. Du wirst nie erfahren, ob der Junge wirklich Verkäufer ist, aber jedenfalls verkauft er, und diese bleibende Unsicherheit führt dazu, dass es dir noch weniger behaglich ist. Sechs Lokums? Rosenaroma? Ja, alle mit Rosenaroma bitte. Dieser gelassen zur Schau getragene Diensteifer – du fürchtest, er könnte ein Spürchen mokant sein – steigert deine Verwirrung. Doch da hat der »Verkäufer« schon deine Rosenlokums in ein Papiertütchen gesteckt. Du wirfst noch einen staunenden Rundblick in diese Schatzhöhle voller Kichererbsen und Rotweinflaschen, hier hat selbst das Rot der Cola-Dosen etwas Orientalisches. Du zahlst etwas kleinlaut, verdrückst dich fast wie ein Dieb, das Tütchen in der Hand. Doch ein paar Meter weiter wartet schon deine Belohnung. Lokums vom Araber isst man nämlich einfach so, gleich auf dem Bürgersteig, ganz für sich, in der abendlichen Frische – was soll's, wenn dir der Zucker die Ärmel bepudert.

Sonntagabend

Der Sonntagabend! Ihr deckt nicht den Tisch und macht kein richtiges Abendessen. Jeder stöbert, wann es ihm passt, in der Küche herum und stellt sich einen sonntäglichen Imbiss zusammen – sehr gut ist kaltes Hühnchen in einem Senf-Sandwich, sehr gut ein Gläschen Bordeaux, schnell mal so im Stehen gekippt, was noch in der Flasche war. Die Freunde sind um sechs gegangen. Es bleibt eine ausgedehnte Übergangszeit. Du lässt dir ein Bad ein. Ein richtiges Sonntagabend-Bad mit viel blauem Schaum, viel Zeit, während der du dich zwischen zwei hauchigen Gebirgen aus nebliger Watte treiben lässt. Der Badezimmerspiegel beschlägt, die Gedanken werden träge. Jetzt vor allem nicht mehr an die vergangene Woche denken und an die kommende schon gar nicht. Betrachte lieber fasziniert die kleinen Wellen, die deine Fingerspitzen machen, die selber von der warmen Nässe gekräuselt werden. Und dann, wenn alles leer ist, aussteigen. Wie wär's mit einem Buch? Ja, nachher.

Jetzt erst mal ein bisschen fernsehen. Egal was, auch die dümmste Sendung ist jetzt recht. Ah – fernsehen um des Fernsehens willen, ohne Alibi, ohne Absicht, ohne Vorwand! Es ist wie im Badewasser: Die Benommenheit umfängt dich mit greifbarem Wohlgefühl. Du glaubst, so kannst du bis in die Nacht sitzen bleiben, sozusagen innerlich mit Pantoffeln an den Füßen. Und da kommt sie dann, die kleine Melancholie. Fernzusehen wird nach und nach unerträglich, du schaltest aus. Du bist woanders, manchmal sogar in der Kindheit, mit verschwommener Erinnerung an gemächliche Spaziergänge; Schulsorgen und herbeigedachte Liebesgeschichten bilden den Hintergrund. Du spürst, wie er Besitz von dir ergreift, dieser kleine Weltschmerz, dieses wohl tuende und peinigende, altbekannte Zwicken – es ist Sonntagabend. Sämtliche Sonntagabende sind zur Stelle in einer trügerischen Seifenblase, in der nichts für länger bleibt. Foto um Foto entwickelt sich im Badewasser.

Der Bücherbus

Der Bücherbus ist eine gute Sache. Einmal pro Monat steht er auf dem Platz vor der Post. Alle Termine des Jahres sind im Voraus bekannt, sie stehen auf einer kleinen braunen Karte, die in einem ausgeliehenen Buch gelegen hat. Du weißt, das geräumige Fahrzeug mit der Aufschrift »Departementsverwaltung« wird getreu am 17. Dezember zwischen 16 und 18 Uhr zur Stelle sein. Diese Herrschaft über die Zeit ist beruhigend. Nichts Böses kann dir passieren, du weißt schon, in einem Monat kommt der fahrende Lesesaal und steht hell auf dem Platz. Im Winter, wenn die Straßen leer sind, ist es besonders schön. Dann ist der Bücherbus der einzige Ort, wo es lebhaft zugeht. Wahre Volksmengen sind nicht da, schließlich ist kein Markttag. Aber trotzdem, eine Reihe bekannter Gestalten strömt auf das unbequeme Treppchen zu, über das man den Bus betritt. Du weißt schon, in einem halben Jahr wirst du Michele und Jacques hier wieder treffen (»Na, wann geht es denn in Rente?«), dazu Armelle und

Océane (»Der Name passt wirklich gut zu deiner Tochter, bei diesen blauen Augen!«), andere, die du nicht so gut kennst, aber mit einem Lächeln begrüßt. Dieses Ritual gemeinsam zu begehen sorgt schon für eine gewisse Komplizenschaft.

Die Tür des Bücherbusses ist seltsam. Du musst zwischen zwei starren Plastikvorhängen hindurchschlüpfen, die jeden Luftzug aussperren. Hinter dieser Schleuse bist du gleich auf dem Teppichboden, in sanfter Stille, konzentrierter Flanerie. Die junge Frau und der ältere Angestellte, bei dem man die Bücher zurückgibt, zeigen durch ihren Gruß, dass sie dich kennen, aber ihre Freundlichkeit verpflichtet zu nichts. Alles bleibt gedämpft. Obwohl die Gänge so eng sind, dass sie bisweilen zu wahren Kunststückchen zwingen, damit es beim Aneinander-Vorbei keine zweideutigen Situationen gibt, bleibt jeder für sich, in seine Stille, seine Auswahl vertieft. Der Bus enthält viele verschiedene Abteilungen. Insgesamt darf man zwölf Bücher ausleihen; es macht Spaß, sie thematisch weit zu streuen. Dieser kleine Band mit Prosagedichten von Jean-Michel Maulpoix, warum nicht; »Der Tag zögert unter üppig geballten Lindenblättern, Lindenblüten.« Dieser Satz macht Lust auf mehr. Der riesige Kunstband von Christopher Finch, *Das Aquarell im 19. Jahrhundert,* ist sicher ziemlich schwer, aber er enthält rothaarige präraffaelitische Schönheiten und Turnersche Morgendämmerungen; außerdem ist es schon besonders, einfach so diese drei Kilo mattlaminierten Luxus mitzunehmen. Ein Fotoband mit Kinderporträts von Édouard Boubat, eine Kassette mit Bach-Kantaten, ein Band über die Tour de France, all diese verschiedenen Herrlichkeiten kannst du in deinen Korb legen, der damit schon voll ist, aber du kannst noch einmal so viel einsammeln, je nachdem, was dir aus den Regalen entgegenlacht. Die Kinder hocken bei den Comics und Bildergeschichten, manchmal staunen sie mächtig: »Die Frau hat gesagt, ich kann noch eins nehmen!«

Wenn der erste Durst gestillt ist, suchst du langsamer. Geruch nach warmer Wolle, nach feuchtem Gabardine zieht durch die schmalen Gänge. Aber vor allem vom Boden her kommt ein besonderes Gefühl, dieses unmerkliche Schwanken, Rollen. Du hattest ganz vergessen, dass dieser vertraute Tempel auf Rädern steht, zum Fahren gemacht ist. Seekrankheit unter Büchern, das elebt man in der Provinz im Winter. Der nächste Termin des Bücherbusses: Donnerstag, 15. Januar, 10 bis 12 Uhr, Place de l'Église, 16 bis 18 Uhr, Place de la Poste.

Ins Kaleidoskop schauen

Du tauchst in diesen japanischen Spiegelpavillon, entdeckst geheime Zwischenwände, genießt das in den stickigen Pappzylinder gesperrte Licht. Geheimnisvolles Schattentheater, entblößte Kulissen des Lichterspiels, Wände aus dunklem Eis. Dort entsteht das Wunder, in der mehrdeutigen Strenge der vielfachen Bilder. An den beiden Enden des Zylinders ist nichts Besonderes: hier das naiv hervorstehende Guckloch, dort, zwischen zwei durchscheinenden Scheiben, die bunten Kristalle, gefärbtes Glas, dessen lebhafte Farben vom Nebel der Entfernung und einer Ahnung Staub gedämpft werden. Das Schauspiel unten ist flach, der Blick oben kalt. Aber zwischen ihnen passiert etwas, im Verborgenen, Dunkeln, Abgeschlossenen, in diesem glatten Rohr, das mit einer dünnen Schicht Buntpapier beklebt ist, oft kitschig, mit verschlungenen Arabesken zum Beispiel, und jedenfalls unpersönlich.

Du schaust hinein. Drinnen bricht sich das Bild

der entenblauen, altlila, dunkelorangen Juwelen verschwommen wässrig. Orientalischer Spiegelpalast, Packeis-Harem, Schneekristalle des Sultans. Eine einzigartige, stets aufs Neue begonnene Reise. Türkisreise zu nördlichen Edelsteinen, Granatreise in der duftenden Weite warmer Meeresbuchten. Du erfindest Länder, namenlose Länder, die auf keiner Karte zu finden sind. Dann drehst du den Zylinder ein winziges Bisschen, schon bist du woanders, ferner, schon zerfällt das warme, kalte Land hinter dir mit einem leisen, schmerzlichen Rieseln.

Was scherst du dich um das, was du verlässt. Ein paar gläserne Kristalle fügen sich neu und erfinden das nächste Land. Du wartest auf ein Bild, fast genau das, das dann auch kommt, aber immer nur fast. Der winzige Unterschied ist das Wunderbare, der Rausch dieser Reise, manchmal auch ihre Verzweiflung: Nie wirst du das Land der wandernden Kristalle besitzen. Dieses Himmelsmosaik wirst du nie wieder sehen, engelsgrün und theatervorhangrot, feierlich geometrisch wie der Park des Louvre und bedrückend klein wie ein chinesisches Wohnhaus. Ob Decke, Wand oder Boden, das Bild stammt immer von dieser Welt, aber es schwebt in der Schwerelosigkeit eines auseinanderfliegenden Raumes. Du musst stillhalten, dich lange vertiefen – wenn du das Kaleidoskop hinlegst, stürzt dieser Kontinent bei der kleinsten Erschütterung ein.

Ein Hauch wird zum Taifun, der Palast fliegt davon.

In einer Dunkelkammer denkt das Geheimnis nach. Alles vergeht und mischt sich neu, alles ist leicht und zerbrechlich. Du besitzt nichts. Höchstens für ein paar Sekunden eine runde, wunschlose Geduld, wenn du ganz still hältst. Ein kleines, bescheidenes Glücksgefühl schwebt vorbei, du hältst es zwischen Daumen und Mittelfinger beider Hände. Mehr darfst du es nicht berühren.

Das Laufband im Bahnhof Montparnasse

Verlorene Zeit, gewonnene Zeit? Ein längerer Einschub jedenfalls, dieses Laufband, unendlich geradlinig, still. Es ist wahrscheinlich eine Art Zugeständnis: Ein so langer Gang ist unzumutbar, eine kolossale Entfernung. Da muss man den städtischen Stress-Sklaven schon einen kleinen Nachlass gönnen. Natürlich unter der Bedingung, dass sie nicht aus der Strömung ausscheren; die wohlige Erleichterung auf ihrem Weg in die Schlacht muss objektiv für Beschleunigung sorgen.

Endlos ist das Laufband im Bahnhof Montparnasse. Du betrittst es ebenso zaudernd wie die Rolltreppen im Kaufhaus. Hier allerdings gibt es keine Stufen, die wie die Kiefer eines Alligators auseinanderklaffen. Alles läuft horizontal. Sofort ist dir ein bisschen schwindlig, wie wenn du im Dunkeln eine Treppe hinuntergehst und noch eine letzte Stufe vermutest, wenn du schon unten bist. Einmal auf diesem Sturzbach, kommt alles ins Wanken. Liegt es an der Fahrt des Laufbandes, die dir eine gewisse Steifheit aufzwingt, oder reagierst du auf dieses unvermittelte Laisser-aller und Laisser-faire einfach ein bisschen eingebildet und störrisch? Voraus siehst du einige Geschwindigkeitsfanatiker, die das Tempo des Laufbandes mit langen Schritten noch steigern. Aber es ist doch besser, Beobachter zu bleiben, sich am schwarzen Handlauf zu halten.

Gemessen-feierliche Gestalten gleiten in der Gegenrichtung auf dich zu, dann und wann mit demselben scheinbar abwesenden Gesichtsausdruck wie du. Seltsame Art der Begegnung, nah und doch unnahbar, in dieser beschleunigten Flucht, die ganz unbeeindruckt tut.

Sekundenlang festgehaltene Schicksale, fast abstrakte Gesichter schweben vor grauem Hintergrund. Daneben der den unverbesserlichen Fußgängern vorbehaltene Korridor, denen, die verächtlich auf die Segnungen des mechanischen Bürgersteigs herabschauen. Sie gehen sehr schnell, wollen beweisen, dass es sich nicht lohnt, der Trägheit nachzugeben. Du ignorierst sie geflissentlich: Ihr Wunsch, dir ein schlechtes Gewissen zu machen, ist doch ein wenig ungehobelt und lächerlich. Der Charme des Laufbandes ist unbezwingbar. Eine vernünftige Erregung entlang dem melancholischen Handlauf. In dieser rasenden Reglosigkeit fühlst du dich wie auf einem Bild von Magritte: eine Allerweltsgestalt, typisch für die Stadt, sie begegnet ihren verschwommenen Doubles auf einem endlos flachen Band.

Im Kino

Ins Kino gehen ist nicht wirklich ausgehen. Du bist ja kaum richtig mit den anderen zusammen. Wichtig ist diese wattige Benommenheit, die dich beim Betreten des Raumes ergreift. Der Film hat noch nicht begonnen; mildes Aquariumslicht schimmert über den halblauten Gesprächen. Alles ist gepolstert, samtig, gedämpft. Über den Teppichboden gehst du mit gespielter Lässigkeit leicht bergab zu einer leeren Sitzreihe. Dass du dich setzt, kann man nicht behaupten, ebenso wenig, dass du es dir in dem Sitz bequem machst. Nein, es gilt, sich dieser prallen, halb kompakten, halb flauschigen Üppigkeit einzuschmiegen. Mit kleinen, genießerischen Bewegungen räkelst du dich zurecht. Die gemeinsame Ausrichtung auf die Leinwand, die parallelen Blicke bringen zugleich etwas Gemeinschaftliches in dein egoistisches Vergnügen.

Hier hört die Gemeinsamkeit aber auch fast schon auf. Was wirst du je von diesem Riesen erfahren, der drei Reihen weiter vorn immer noch ungeniert in seiner Zeitung liest? Vielleicht hörst du ihn lachen, wenn du selber nicht lachst – oder schlimmer, er schweigt, wo du lachst. Im Kino bleibt man unerkannt. Man geht dorthin, um sich zu verbergen, um sich hinzukauern, um zu verschwinden. Du schwebst wie am Grunde eines Schwimmbeckens, im Blau kann alles passieren, auf dieser scheinbaren Bühne, der Leinwand, die eine Tiefe nur vorspiegelt. Kein Geruch, kein Windhauch im Saal, der sich erwartungsvoll dieser abstrakten Fläche entgegenneigt, er vergöttert die Leinwand.

Es wird dunkel, der Altar flackert auf. Du wirst schweben, Fisch der Luft, Vogel des Wassers. Dein Körper wird taub, du wirst zu englischer Landschaft, zu einer New Yorker Avenue oder zum Regen in Brest. Du bist das Leben, der Tod, die Liebe, der Krieg, du ertrinkst in dem trichterförmigen Lichtstrahl, wo der Staub tanzt. Wenn das Wort »Ende« erscheint, bleibst du ermattet sitzen, mit angehaltener Luft. Dann geht das unerträgliche Licht an. Es heißt, sich aus der Watte herauszufalten, sich zu schütteln und wie ein Schlafwandler zum Ausgang zu gehen. Vor allem jetzt nicht sofort alles mit Worten zerbrechen, urteilen, benoten. Auf dem schwindelerregenden Teppichboden stehen und den Riesen mit der Zeitung vorlassen. Du bist ein täppischer Kosmonaut, bewahre noch einen Moment lang diese seltsame Schwerelosigkeit.

Beim Autofahren Nachrichten hören

»France Inter, es ist siebzehn Uhr, Sie hören die Nachrichten, am Mikrophon begrüßt Sie ...« Die kurze Erkennungsmelodie, dann: »Eben kommt die Nachricht aus dem Fernschreiber: Jacques Brel ist tot.«

An dieser Stelle irgendwo zwischen den Ausfahrten Evreux und Mantes führt die Autobahn bergab in ein Tal ohne besonderen Reiz. Hunderte Male bist du hier entlanggekommen, nur darauf konzentriert, einen Laster zu überholen oder ob du genügend Kleingeld für die nächste Zahlstelle der Autobahngebühr dabeihast. Jetzt wird die Landschaft auf einmal angehalten, bleibt auf einem Bild stehen. Es dauert den Bruchteil einer Sekunde. Du weißt, das Foto ist gemacht. Dieser anonyme, graue, dreispurige Hang, der drüben zum Seinetal führt, wird etwas Besonderes, Einzigartiges, das hättest du ihm nie zugetraut. Vielleicht ist sogar der rot-weiße Antar-Tankwagen von der rechten Fahrspur mit im Bild. Es ist, als würdest du die Wirklichkeit eines Ortes entdecken, den du gar nicht hattest kennen lernen wollen, mit dem du bis heute nur eine gewisse Langeweile verbunden hast, die leichte Ermüdung der verdrießlich-abstrakten Fortbewegung.

Von Jacques Brel hast du so viele Bilder in dir, Jugenderinnerungen an Chansons, die brodelnden Körper beim Applaus für »Amsterdam« 1964 im *Olympia*. Aber all das wird mit der Zeit verschwinden. Erst werden viele Brel-Chansons im Radio kommen und jede Menge Nachrufe. Dann ein paar weniger, schließlich so gut wie keine mehr. Aber jedes Mal wirst du dieses Tal mit der Autobahn wieder vor dir sehen. Es mag absurd sein oder magisch, du kannst nichts dafür. Das Leben dreht seinen Film, die Windschutzscheibe deines Autos kann zum Bildschirm werden, das Autoradio zur Kamera. Teile vom belichteten Film wirbeln in deinem Kopf herum. Es liegt aber auch an der trügerischen Vertrautheit mit diesen Landschaften, die sonst unbemerkt vorüberziehen, einander abwechseln und deren eine jetzt plötzlich kristallisiert ist. Jacques Brels Tod ist eine dreispurige Autobahn, rechts fährt ein Antar-Tankwagen.

Glaskugeln

Im Wasser der Glaskugeln herrscht ewiger Winter. Du nimmst eine zur Hand. Der Schnee treibt in Zeitlupe, steigt wirbelnd vom Boden auf, erst undurchsichtig und träge, dann zerstreuen sich die Flocken, und der türkisblaue Himmel steht wieder reglos-melancholisch da. Die letzten Papiervögel hängen einige Sekunden in der Schwebe, bevor auch sie herabsinken. Eine wattige Mattigkeit zieht sie zu Boden. Du stellst die Kugel wieder hin.

Etwas ist anders als zuvor. Die scheinbare Unbeweglichkeit der Kulisse enthält jetzt eine Art Aufforderung. Alle Glaskugeln sind gleich. Meeresboden mit Tang und Fischen, Eiffelturm, Manhattan, Papageien, Berglandschaft oder Souvenir vom Mont-Saint-Michel, der Schnee tanzt, endet seinen Tanz dann sacht, wird lichter, hält inne. Vor dem Winterball war da nichts. Und danach . . . Auf dem Empire State Building sitzt noch eine Flocke, ein winziger Rest, der im Strom der Tage nicht schmilzt. Der Boden ist bedeckt mit den leichten Blütenblättern der Erinnerung.

Glaskugeln erinnern sich nämlich. Still träumen sie vom Aufruhr, vom Blizzard, der vielleicht wieder ausbricht oder auch nicht. Oft stehen sie unbeachtet im Regal; du vergisst das Schneeglück, das du in deinen Händen auslösen könntest, diese seltsame Macht, das Glas aus seinem langen Schlaf zu wecken.

Die Luft da drin ist aus Wasser. Erst beachtest du das nicht weiter. Beim näheren Hinschauen aber fällt dir ganz oben die kleine Luftblase auf. Das ändert alles. Jetzt siehst du nicht mehr den Eiffelturm vor einem Aprilhimmel, die Fregatte auf stürmischer See. Alles bekommt eine schwere Klarheit; hinter der Glaswand werden die Türme von Strömungen umspielt. Königreich der hohen Einsamkeiten, würdige Mäander, unmerkliche Regungen in der flüssigen Stille. Der Hintergrund ist milchig blau gestrichen, bis an die Decke, bis zum Himmel, bis an die Oberfläche. Ein künstlich süßes Blau, das es nicht gibt, dessen Idylle fast beunruhigt, so wie man an einem schläfrigen, verträumten Frühnachmittag die Unwägbarkeiten des Schicksals vorahnt. Du nimmst diese kleine Welt in die Hand, bald ist die Kugel fast warm. Rasch löscht eine Flockenlawine die lauernde Angst aus. Es schneit tief in dir, in einem unerreichbaren Winter, wo alles leicht ist. Der Schnee ist sanft dort im tiefen Wasser.

Die Morgenzeitung

Ein paradoxer Luxus. Im Moment des vollkommensten Friedens, beim Kaffeeduft, mit der ganzen Welt in Kontakt treten. Die Zeitung berichtet vor allem von Katastrophen, Kriegen, Unfällen. Dieselben Nachrichten im Radio zu hören, das hieße schon, sich dem Stress der fausthiebartig hämmernden Sätze auszusetzen. Mit der Zeitung ist es das Gegenteil. Du faltest sie mehr schlecht als recht zwischen Toaster und Butterdose auf dem Küchentisch auseinander. Die Gewalt der Welt, die du abgelenkt zur Kenntnis nimmst, riecht nach Johannisbeergelee, Kakao, Röstbrot. Schon in sich wirkt die Zeitung beruhigend. Was man in ihr entdeckt, ist weder der heutige Tag noch die Wirklichkeit. Der ewig gleiche Namenszug der Titelseite relativiert die Katastrophen der Gegenwart. Sie sind nur da, um das häusliche Ritual zu würzen. Die Größe der Seiten, das Gedrängel mit der Kaffeeschale machen die Lektüre umständlich. Du blätterst vorsichtig um, entlarvend langsam: Es geht dir weniger um das Gedruckte als um die Freude am Druckwerk.

In Filmen wird die Zeitung oft durch das Rotieren der Druckpressen verkörpert oder durch die aufgeregten Rufe der Straßenverkäufer. Die Morgenzeitung, die du früh aus dem Briefkasten ziehst, hat nichts Fieberhaftes. Sie berichtet, was es gestern Neues gab, und diese scheinbare Heutigkeit hängt irgendwie noch mit dem Nachtschlaf zusammen. Außerdem sind dir die langweiligen Seiten wichtiger als die Sensationsgeschichten. Du liest den Wetterbericht, eine köstliche Abstraktion: Statt draußen nach den Zeichen am Himmel Ausschau zu halten, lässt du sie drinnen wirken, umspült vom bittersüßen Kaffee. Vor allem die Sportseite ist beständig und beruhigend. Auf Berichte von Niederlagen folgt stets die Hoffnung auf eine Revanche, die früher kommt, als die Trauer um ein verlorenes Spiel anhält. In der Morgenzeitung beim Frühstück passiert nichts, und genau darum tauchst du hinein. Sie gehört zum Genuss am heißen Kaffee, am Toastbrot. Du liest in ihr, dass die Welt sich treu bleibt und dass der Tag es nicht eilig hat zu beginnen.

Ein Croissant am Morgen

Du bist als Erster aufgewacht. Vorsichtig wie ein indianischer Späher hast du dich angezogen, bist dann von Zimmer zu Zimmer geschlichen. Du hast die Eingangstür geöffnet und zugezogen, mit uhrmacherhafter Gewissenhaftigkeit. So. Jetzt bist du draußen, im Blau des rosa gesäumten Morgens. Eine Kitschhochzeit, wäre da nicht die Kälte, die alles klärt. Mit jedem Atemzug bläst du eine Dampfwolke aus: Du lebst, frei und leicht auf dem frühmorgendlichen Bürgersteig. Dass die Bäckerei etwas weiter weg ist, umso besser. Die Hände in den Taschen, lässig wie Kerouac, bist du allen zuvorgekommen: Jeder Schritt ist ein Fest. Du ertappst dich dabei, dass du ganz außen am Bürgersteig gehst, wie als Kind, als wäre die Kante wichtig, der Rand der Dinge. Zeit in Reinform ist das, dieses Stromern, das du dem Tag stibitzt, während alle anderen noch schlafen.

Fast alle. Dort hinten muss freilich das warme Licht der Bäckerei warten – eigentlich eine

Neonleuchte, aber die Vorstellung von Wärme verleiht ihr einen bernsteingelben Schimmer. Auch muss das Schaufenster ordentlich beschlagen sein, während du näher kommst, und du erwartest das heitere »Guten Morgen«, das die Bäckerin nur für die allerersten Kunden bereithält – Dämmerungs-Gemeinschaft.

»Fünf Croissants, ein Kastenweißbrot, aber nicht zu stark gebacken!«

Der Bäcker in seinem mehlbestäubten Trägerhemdchen zeigt sich hinten im Laden und grüßt dich, wie man die Tapferen grüßt in der Stunde des Kampfs.

Dann bist du wieder auf der Straße. Du spürst, der Rückweg ist nicht mehr dasselbe. Der Bürgersteig ist voller, ein bisschen bürgerlicher wegen dieses unter den Arm geklemmten Weißbrots, der Croissant-Tüte in der anderen Hand. Aber du nimmst ein Croissant heraus. Der Teig ist lauwarm, fast weich. Diese kleine Köstlichkeit in der Kälte, beim Gehen: Als würde der Wintermorgen von innen her zum Croissant, als würdest du selber zu einem Ofen, einem Haus, einer Zuflucht. Du gehst sachter, ganz von Buttergelb durchdrungen, wie du durch das Blau und Grau wanderst, das verlöschende Rosa. Der Tag beginnt, das Beste hast du schon gehabt.

Aus einer Telefonzelle anrufen

Erst einmal gilt es immer, eine Reihe lästiger Hürden zu nehmen: die schwere, hinterhältige Tür, bei der du nie weißt, ob du erst drücken, dann ziehen oder erst ziehen, dann drücken musst; dann suchst du die Telefonkarte zwischen Metrotickets und Führerschein – sind noch genug Einheiten drauf? Den Blick auf dem kleinen Display, folgst du dann den Anweisungen: abnehmen ... warten ... In der jetzt schon stickigen Enge fühlst du dich bedrängt, verkrampft, unwohl. Die Berührung der Metalltasten löst schrille, kalte Klänge aus. Du fühlst dich eingesperrt in dieser Schachtel, nicht isoliert, sondern gefangen. Dabei weißt du, dass dieses Ritual dazugehört, du musst der starren Mechanik gehorchen, damit diese besondere vertraute, persönliche Wärme erlebbar wird – die menschliche Stimme. All das führt zu diesem Wunder hin, auf die klirrenden Wahltöne folgen eine Art melodische Sphärenklänge, die dich ins Netz führen – bis endlich die tieferen Freizeichen ertönen, einem Herzschlag gleich, um dann, welche Erleichterung, aufzuhören, wenn abgenommen wird.

Genau in diesem Moment hebst du auch wieder den Kopf. Die ersten Wörter sind entspannend banal, scheinbar unbeteiligt – »Ja, ich bin's – ja, es ist gut gelaufen – ich bin neben dem kleinen Café, du weißt doch, an der Place Saint-Sulpice.«

Es kommt nicht darauf an, was du sagst, sondern was du hörst. Unglaublich, was allein die Stimme dir über jemanden mitteilt, den du liebst – ist er traurig, müde, empfindlich, voller Lebensfreude, guter Laune. Da der Körper nicht da ist, verschwindet auch eine gewisse schamhafte Zurückhaltung, macht Platz für Durchsichtigkeit. So nimmst du über den hässlichen grauen Telefonapparat hinweg mehr wahr als zuvor, siehst den Bürgersteig, den Zeitungskiosk, herumtobende Kinder. Magisch und wunderschön ist es, so auf einmal zu entdecken, was jenseits der Glasscheibe liegt; es ist, als würde deine Umgebung erst durch die ferne Stimme zustande kommen. Ein Lächeln kommt dir auf die Lippen. Die Telefonzelle wird leicht, sie scheint nur noch aus Glas zu bestehen. Die nahferne Stimme lässt dich begreifen, dass du in Paris nicht in der Fremde bist, die Tauben fliegen auf die Bänke, der Stahl hat verloren.

Radler und Renner

Fahrrad und Fahrrad ist ja überhaupt nicht dasselbe. Eine schmale, lila fluoreszierende Silhouette zischt mit siebzig Stundenkilometern vorbei: ein Rennrad. Zwei Gymnasiastinnen fahren gemächlich nebeneinander über eine Brücke in Brügge: Fahrräder. Der Unterschied kann auch kleiner ausfallen. Michel Audiard, in Kniebundhosen und langen Strümpfen, hält vor einem Bistro, um am Tresen ein Gläschen trockenen Weißwein zu trinken: Rennrad. Ein Jugendlicher in Jeans steigt von seinem Gefährt, ein Buch in der Hand, trinkt auf einem der Tische im Freien ein Glas Minzsirup: Fahrrad. Man gehört zur einen Sorte oder zur anderen. Es gibt eine Trennlinie. Gewisse Tourenfahrer können sich über ihre gebogenen Lenker beugen, so viel sie wollen, sie bleiben immer noch Radler. Andere wieder putzen ihre Schutzbleche blank und sind doch immer Renner. Besser, man versucht nicht zu tun als ob und bleibt bei seinem Leisten. Man trägt tief in sich die schwarze Perfektion eines Hollandrades, auf den Schultern wedeln die Enden eines Schals. Oder man träumt von einem federleichten Rennrad, dessen Kette so surrend läuft wie ein Bienenschwarm. Auf dem Drahtesel ist man nicht mehr als ein potentieller Fußgänger, einer, der durch die Gässchen schlendert und auf der Parkbank seine Zeitung liest. Wer auf dem Rennrad sitzt, hält nicht an, er steckt mit den Füßen bis zum Knie in einer Art Raumfahrerkluft, er könnte nicht gehen, nur watscheln, also geht er nicht zu Fuß.

Liegt der Unterschied in der Geschwindigkeit? Vielleicht. Allerdings gibt es ausgesprochen fähige Radler und ebenso Opis auf dem Rennrad, die sich alle Zeit der Welt nehmen. Ist es also eher das Gewicht? Gut möglich. Hier der Traum vom Fliegen, da eine gewisse Bodenständigkeit. Aber sonst sind beide absolut nicht zu vergleichen. Schon allein die Farben. Beim Rennrad metallic-orange, apfelgrün, beim Tourenrad mattbraun, gebrochenes Weiß, seidenrot. Auch Formen und Materialien sind grundverschieden. Die einen tragen weite Sachen, Wolle, Cord, Schottenröcke, die anderen enge Synthetics.

Man wird als Radler oder als Renner geboren, der Unterschied ist fast politisch. Für Liebesdinge allerdings müssen die Rennfahrer diesen Teil ihres Selbst zurückstellen – Verliebte radeln, sie rasen nicht.

Boulespielen für Anfänger

Na, was machst du? Zielst du auf die Kleine oder auf eine von unseren?«

Dass diese Frage mit schlecht imitiertem Marseiller Akzent geäußert wird, gehört zum Spiel. Du kommst dir ein bisschen ungeschickt vor, wie du mit den Kugeln in der Hand dastehst. Dass du den Akzent nachmachst, um professionell zu wirken, dass du dich auf den Pastis hinterher freust – sogar wenn du die Runde ausgeben musst, weil du verloren hast –, dass du den zornigen Raimu nachahmst, den spöttischen Fernandel oder sonst einen Schauspieler, all das hilft nicht viel: Du bleibst zweitklassig, du hast noch nicht den richtigen Stil. Du kannst dich noch nicht so bequem hinhocken wie ein Profi, wenn er auf die Zielkugel spielt, kannst nicht mit gespreizten Knien über den richtigen Schubwinkel meditieren und dabei die Kugel in der umgedrehten Hand rollen lassen. Auch das Schweigen, das der hohen Kunst des Zielens auf die Kugel des Mitspielers vorausgeht, beherrschst du noch nicht – in dem nervtötenden Warten auf den Wurf liegt eine kalkulierte, raffiniert berechnete Provokation. Ihr spielt schließlich nicht Boccia wie Kinder am Strand, sondern richtig Boule. Wie viele missratene Versuche, wie viele Kamikaze-Würfe, mit denen du eine ganz andere Kugel wegprallst als gewollt, bis du endlich einmal einen Überraschungstreffer landest oder bravourös mit Effet spielst!

Aber das macht nichts. Du genießt dieses wunderbare Geräusch, das Klackern der aneinanderprallenden silbernen Kugeln. Bekannte Sätze, bekannte Gesten.

»Siehst du sie?«

Du gehst hin, zeigst mit der Schuhspitze auf die »Kleine«, die Zielkugel, die sich zwischen zwei weißen Kieseln verbirgt. Nach und nach werden die Pausen zwischen den Sätzen immer länger, du wagst jetzt mehr Konzentration. Statt neben dem Spielfeld zu warten, bis du dran bist, gehst du mitten hinein, zu den Kugeln, die schon dort liegen.

»Und? Hat's geklappt?«

Du sammelst ein Stück Faden auf. Alle kommen herbei. Du misst die Abstände, es ist schwierig, dabei unter den skeptischen Blicken der anderen keine gegnerische Kugel anzustoßen.

»Ja, es hat geklappt. Aber knapp!«

Mit kleinen, gespielt lässigen Schritten gehst du zur Wurflinie, um deine letzte Kugel zu spielen. Du bist nicht keck genug, dich hinzuknien, aber diese Kugel spielst du langsam, du lässt dir Zeit, machst fast eine Zeremonie daraus. Du schaust ihr nach, wie sie ihren Weg sucht. Bevor sie ausrollt, gehst du hinterher, mit leichtem Kopfschütteln, aber das ist eigentlich falsche Bescheidenheit. Gewonnen hast du nicht mit dieser Kugel, aber einen guten Platz errungen, du hast dich nicht blamiert.

Am Anfang der Partie hast du noch gelegentlich die Kugeln der anderen Spieler aufgehoben. Aber jetzt gehörst du dazu. Du sammelst deine eigenen ein.

Eigentlich könnten wir sogar draußen essen

Das »eigentlich« ist wichtig und außerdem der Konjunktiv. Erst mal denkst du, das wäre ja verrückt. Es ist gerade erst Anfang März, die ganze Woche nichts als Regen, Wind und Graupelschauer. Und jetzt das. Seit dem Morgen scheint die Sonne, mit milder Intensität, ruhiger Kraft. Das Mittagessen ist fertig, der Tisch gedeckt. Aber sogar drinnen ist alles verändert. Das halb geöffnete Fenster, von draußen Gesumme, etwas Leichtes, Schwebendes.

»Eigentlich könnten wir sogar draußen essen.« Der Satz kommt immer in demselben Moment, genau bevor man sich an den Tisch setzt, als es schon zu spät scheint, die Planung umzustoßen, der Salat steht schon da. Zu spät? Die Zukunft wird sein, was ihr daraus macht. Vielleicht seid ihr ja verrückt genug, einfach hinauszurennen, in rasender Eile den Gartentisch abzuwischen, Pullover herbeizuschaffen, die Hilfe in nützliche Bahnen zu leiten, die jeder mit linkischer Begeisterung leisten will, um dann im Weg zu stehen.

Oder ihr begnügt euch doch damit, im Warmen zu essen – die Stühle sind zu nass, das Gras ist so hoch ...

Aber egal. Was zählt, ist der Augenblick dieses kurzen Satzes. Eigentlich könnten wir ... Das Leben im Konjunktiv: schön, wie früher in den Kinderspielen, »Was wäre, wenn ...«. Ein erfundenes Leben, das sich zu den Gewissheiten querstellt. Ein ganzes neues Leben in Reichweite, diese Frische. Ein bescheiden spinnerter Einfall, dank dessen die häuslichen Riten versetzt genossen werden können. Ein kleiner Hauch maßvoller Verrücktheit, der alles ändert, ohne etwas zu verändern.

Manchmal sagt man: »Eigentlich hätten wir sogar ...« Das ist der traurige Satz der Erwachsenen, deren Büchse der Pandora nur noch rückwärts gewandte Sehnsüchte bereithält. Doch gibt es Tage, an denen es dir gelingt, den Tag zu pflükken, genau im schwebenden Augenblick der Möglichkeiten, im fragilen Augenblick eines ehrlichen Zögerns, wenn das Zünglein an der Waage nicht schon von vornherein in eine Richtung gestoßen wird. Es gibt Tage, da könnte man eigentlich.

Inhalt